難民を救う会
から物資くる
そうか
わたしは
難民なのか

歌集

手荷物ふたつ

関 琴枝

砂子屋書房

＊目次

Ⅰ　避難

口絵・著者
装本・倉本　修

歌集　手荷物ふたつ

I 避難

遠くへ

「たっちゃんの紙芝居」という劇をみた地震の前の最後の日常

寄りそいて余震の夜を居間に寝るものの倒れぬところ選びて

わきあがる恐れの前に何もかも置いていくしかないのだろうか
生きていくために必須なものなど　そんなにはない手荷物ふたつ
玄関に数日分の餌を置く　リリーおまえを連れて行けない

行く先も決められぬまま遠くへとただ遠くへと逃れ行く道

目を閉じるたびにひっそり浮かびくる他者もわたしもいない街並み

避難所の雪

鳥獣のようにおびえて逃れ来てたどりつく山の避難所は雪

うつむけばいつも体が揺れるよう余震が続く　ほらまた揺れた

避難所の長い廊下を食堂へテレビのニュースを見に行く日課

「燃料が足りないのです」暖房は三時間のみ避難所の夜

「収容のできる人数超えてでも受け入れます」と係員言う

「無事です」と「連絡くれ」の貼り紙が日々増えていく避難所の壁

四日ぶりの風呂に入りて温まる岳《だけ》温泉の風に舞う雪

ようやくに行く先決めた避難所の最後の夜は静かに過ぎる

隠し持つもの

置いてきた猫は無事らしふるさとに残りし人らに餌をもらいて

無事を告げかけた電話の向こうには「うちへおいで」と友の声する

爆発の映像にある小さな火ここから逃げろと急かすかのように

そこからは駄目だと線を引かれてもここ とあそこの何が違うの

黒きもの隠し持つゆえ空色に塗られ連なる原子炉建屋

笛吹へ

助手席の幼子に手を振り返し北へと向かう自衛隊員

七時間走り続ける高速のその道のさき夕日は落ちる

初めての道の先にも人の住む町はあるはず臆せずに行け

ふるさとを出て幾日かようやくに仮の住まいにたどり着く夜

わたくしはいまどこにいる地図広げ道をたどりて居場所確かむ

川の名も山々の名も知らぬまま一夜明ければ富士山見える

小さな齟齬

幼らに小さなおもちゃ買い与う見知らぬ町の駅前の店

四百キロ逃れて来れば何事もなかったように暮らす人たち

ここならば見えないものに怯えずに外にいられる深呼吸する

非日常のなかの日常ゆえ大事孫の五歳を祝う今日の日

八人で顔つき合わせ暮らす部屋小さな齟齬が積もりはじめる

コンビニで地元の新聞買い求め昨日も今日も住まいを探す

二週間後

ふるさとと同じくらいの大きさの町を選びて住まいを決める

住宅を提供するという町がありまた三度目の住み替えをする

大人よりまず幼らの日常を取り戻すため保育所探す

保育所に通い始める子らのため文具そろえる二つ三つ四つ

式服もない気後れを道連れにさあ出かけよう入園式に

ここに住むと連絡を入れ登録す避難者情報集約センター

妻や子が落ち着く先を見届けて男ら帰る北へと帰る

またきっとここで会おうと言い交し友と別れてまだ十五日

仮住まい仮縫い仮寝仮処分仮とつくものみな不安定

幾たびも繰り返しみる夢がある人の住まないふるさとの町

花かんむり

食器棚持ちあぐね来た星さんは会津生まれの山の住人

寸胴の鍋いっぱいの牛すじ煮抱え友来る三時間かけ

少しづつ日用品が増えてゆく昨日はやかん今日は物干し

見舞いにと五百円玉百枚と手紙の入ったガラス瓶届く

生活が少し落ちつきようやくに住所を知らせる葉書を送る

外遊びして帰り来る子どもらの三つの頭に三つの花冠

夜更けすぎ大きな余震のニュースあり北に残りし人らを思う

だれかれの消息たずね情報を交換するのも日課となりて

土産だと「福島民友」届けられ隅々まで読むふるさとの記事

いわきから避難してきた隣人は言葉少なく帰郷を告げる

さまざまな厚意を受けて生活が形を成してゆく四月末

ふるさと

家は残り津波も知らず逃げて来た後ろめたさがいつもどこかに

反対の声さえあげずに暮らしてたわたし被害者そして加害者

レジ横の小さな箱に釣り銭を入れて帰り来贖罪のごと

被害者と大きな声で言いきれぬ反対もせず暮らしていた日々

日赤に支援の家電を申し込み返礼として献血をする

こんなにも電気なしでは暮らせない支援物資の白物家電

難民を救う会から物資くる　そうかわたしは難民なのか

五十日過ぎて季節も変わりゆき故郷へ戻る人たちがいる

花まつりの花を一輪それぞれに持ちて幼は園バスに乗る

あの日ふと途切れてしまった日常はありふれた日々庭に花咲く

環境が二転三転するなかで子らは育ちてさくらんぼなる

この子らがふるさとと呼ぶ場所はもう福島ではなく山梨だろう

いつまでと先の見えない暮らしゆえ思いきるのもひとつの策か

誰のせい誰のせいでもないそんなことはないはずその誰は誰

「黄金のたまごカステラ」の包装に「がんばろう宮城」と書かれてあった

フクシマから来たと言いたくない友は見知らぬ町にこもりて暮らす

閖上《ゆりあげ》を見てきた人の彫る地蔵かなしみ包み静かに立てり

再開は決まらぬままに学校の除染するらし二学期までに

桃狩りにおいでなさいと野中さん畑の向こうに雪残る富士

子らのため南相馬に戻らぬと言いし娘は母の顔して

福島へ戻らぬと決めこの町で一歩踏み出す娘たくまし

遠州灘

放射性物質飛散予想とて海辺で放つ風船千個

浜岡の海辺で放つ風船は高くのぼりて北へと流る

風船を千個飛ばして帰り来る遮るものない遠州灘に

原発の前の渺渺たる海に防潮堤の高さなど無駄

大いなる風車は回るナウシカの谷の風より無機質な羽根

田野畑村

置き去りの小舟を揺らす月明かり田野畑村の小さな港

三陸の小さな漁港に陽は昇る流されし家の跡を照らして

流された家の跡あり紫の小菊一群れさわさわ揺れる

震災も原発事故も変えられぬわたしのなかの揺らがぬものよ

梅のジャム

信玄の住みし館の跡に立ち甲府盆地を一望にする

芦安の湯に咲きかかる山吹の枝を揺らして過ぎる夕風

湖へ向かって越える山道に上九一色の案内板立つ

湖のほとりの小さな人形館　与勇輝《あたえゆうき》の子らに出会えり

晴れた日はナビを頼りに北へ行く「ハイジの村」にチューリップ咲く

トンネルを抜ければ鉄路はカーブして甲府盆地は夕暮れのなか

清里にうまいパン屋があるという雑誌をながめ探しに行こう

竜王という名の駅舎新しく駅前通りもよそ行きの顔

果樹園のスプリンクラーの回る音驟雨のように不意に始まる

水路には豊かに流れる水ありて桃を実らせすももをならせ

山国で暮らして三月《みつき》太陽は山から昇り山へと沈む

ふるさとの朝日は海から昇りくる完全無欠のまあるい形

哀しみを核にして生る梅の実はジャムを作ればほんのり苦く

Ⅱ　どんなきみでも

入院

夫病みて原発事故もベクレルも埒外となるわたしの世界

階段を上がれぬ夫を危ぶみてそっと手を添え後ろから行く

解熱剤、抗がん剤と吐き気止め夫の薬は日に二十錠

小さめのおはぎひとつも食べきれぬバイパス手術を受けたる夫は

病むきみに優しくなれない時もある言い訳のように粥を煮ている

病室に看護師を呼びきみは言う眠られぬこと傷痛むこと

この部屋が終の棲家か病棟の北棟四階十二号室

真夜中に叫ぶ人あり病棟の廊下にひびく意味のない声

隣室の付添人が病人を叱る声する真夜中三時

車椅子のあの子が今朝は歩いてただから行こうか市長選挙に

抱きとめる

病室を後にしてから数分の後の電話に急変を知る
肝心な時にはいつもかたわらにいなかったかもそう思ういま

抱きとめるわたしに一言「ごめんな」とつぶやききみは眠りにおちる

朦朧とくもる眼を見開いて見まわす部屋に探すのはだれ

息をすることさえ時に忘れさす痛みを止める強い薬は

諦めと納得のためこのときを共に過ごすか目覚めぬきみと

ただ眠るだけの魂これはもうあなたではない天上のもの

青空よどんなきみでもうけいれるそう決めたからただ生きていて

つめきり

大仰な漢字ばかりの礼状はよそ行き顔の喪主「関　琴枝」

白黒の家族写真に並ぶ顔半世紀経て七人は亡く

常識のない女だという義兄の声ひびきくるなり寂しい電話

百日を過ぎても慣れぬこの不在ある時不意に帰り来るかと

ありありとここにひとつの椅子がある疾く帰り来て座りたまえきみ

扇風機の風は数には入らぬか千の風吹くこの星の上

魂を迎える火など焚くものかわたしのもとへ迷わずに来て

迷わずに夫は来るのかいくつもの迎え火焚かれるこの空の下

腹を立てることもなくなりあの声が好きだったこと今さら気づく

他者として一番近くにいた人を失ったのだと突然気づく

愛用の古いつめきり残されて生きてるわたしは今日も爪を切る

明け方の夢のあなたは血まみれで静かな顔でわたしを見ていた
わたくしはあなたのなにを知っていた三十五年もそばにいたのに
もうこれを着てくれる人はいないのだ夫に編んだ青いセーター

こうやってあなたのいない日は過ぎてやがてわたしもいなくなるのか

思い出

きみの着たトレンチコートの手ざわりをこの指先にまだ覚えてる

商店街の名前の由来も知らぬまま戸越銀座にあの頃住みし

あの角の小さな下駄屋も店を閉めあっという間に昭和は遠のく

中三のクラスに「こんの」が二人いて今野《いまこん》紺野《いとこん》と呼びわけていた

大人びたクラスメートが一人いたアイロンのきいたハンカチ持ちて

あかまつの道

松落葉朴の落葉を踏みしめて歩く小道に小雪降り初む

このなかにいったい何を入れたのか鍵をなくしてあけられぬ箱

砂子屋書房 刊行書籍一覧（歌集・歌書）

2025年7月現在

＊御入用の書籍がございましたら、直接弊社あてにお申し込みください。
代金後払い、送料当社負担にて発送いたします。

	著　者　名	書　　名	定価
1	阿木津　英	**『阿木津　英 歌集』** 現代短歌文庫5	1,650
2	阿木津　英 歌集	**『黄　鳥』**	3,300
3	阿木津　英 歌集	**『草一葉』**	3,300
4	阿木津　英 著	**『アララギの釋迢空』** ＊日本歌人クラブ評論賞	3,300
5	秋山佐和子	**『秋山佐和子歌集』** 現代短歌文庫49	1,650
6	秋山佐和子歌集	**『西方の樹』**	3,300
7	雨宮雅子	**『雨宮雅子歌集』** 現代短歌文庫12	1,760
8	池田はるみ	**『池田はるみ歌集』** 現代短歌文庫115	1,980
9	池本一郎	**『池本一郎歌集』** 現代短歌文庫83	1,980
10	池本一郎歌集	**『萱鳴り』**	3,300
11	石井辰彦	**『石井辰彦歌集』** 現代短歌文庫151	2,530
12	石田比呂志	**『続 石田比呂志歌集』** 現代短歌文庫71	2,200
13	石田比呂志歌集	**『邯鄲線』**	3,300
14	一ノ関忠人歌集	**『さねさし曇天』** ＊佐藤佐太郎賞	3,300
15	一ノ関忠人歌集	**『木ノ葉揺落』**	3,300
16	伊藤一彦	**『伊藤一彦歌集』** 現代短歌文庫6	1,650
17	伊藤一彦	**『続 伊藤一彦歌集』** 現代短歌文庫36	2,200
18	伊藤一彦	**『続々 伊藤一彦歌集』** 現代短歌文庫162	2,200
19	今井恵子	**『今井恵子歌集』** 現代短歌文庫67	1,980
20	今井恵子 著	**『ふくらむ言葉』**	2,750
21	魚村晋太郎歌集	**『銀　耳』（新装版）**	2,530
22	江戸　雪 歌集	**『空　白』**	2,750
23	大下一真歌集	**『月　食』** ＊若山牧水賞	3,300
24	大辻隆弘	**『大辻隆弘歌集』** 現代短歌文庫48	1,650
25	大辻隆弘歌集	**『橡（つるばみ）と石垣』** ＊若山牧水賞	3,300
26	大辻隆弘歌集	**『景徳鎮』** ＊斎藤茂吉短歌文学賞	3,080
27	岡井　隆	**『岡井　隆 歌集』** 現代短歌文庫18	1,602
28	岡井　隆 歌集	**『馴鹿時代今か来向かふ』（普及版）** ＊読売文学賞	3,300
29	岡井　隆 歌集	**『阿婆世（あばな）』**	3,300
30	岡井　隆 著	**『新輯 けさのことば Ⅰ・Ⅱ・Ⅲ・Ⅳ・Ⅵ・Ⅶ』**	各3,850
31	岡井　隆 著	**『新輯 けさのことば Ⅴ』**	2,200
32	岡井　隆 著	**『今から読む斎藤茂吉』**	2,970
33	沖　ななも	**『沖ななも歌集』** 現代短歌文庫34	1,650
34	尾崎左永子	**『尾崎左永子歌集』** 現代短歌文庫60	1,760
35	尾崎左永子	**『続 尾崎左永子歌集』** 現代短歌文庫61	2,200
36	尾崎左永子歌集	**『椿くれなゐ』**	3,300
37	尾崎まゆみ	**『尾崎まゆみ歌集』** 現代短歌文庫132	2,200
38	柏原千惠子歌集	**『彼　方』**	3,300
39	梶原さい子歌集	**『リアス／椿』** ＊葛原妙子賞	2,530
40	梶原さい子	**『梶原さい子歌集』** 現代短歌文庫138	1,980

	著者名	書名	定価
41	春日いづみ	**『春日いづみ歌集』** 現代短歌文庫118	1,650
42	春日真木子	**『春日真木子歌集』** 現代短歌文庫23	1,650
43	春日真木子	**『続 春日真木子歌集』** 現代短歌文庫134	2,200
44	春日井　建	**『春日井　建 歌集』** 現代短歌文庫55	1,760
45	加藤治郎	**『加藤治郎歌集』** 現代短歌文庫52	1,760
46	雁部貞夫	**『雁部貞夫歌集』** 現代短歌文庫108	2,200
47	川野里子歌集	**『歓　待』** ＊読売文学賞	3,300
48	河野裕子	**『河野裕子歌集』** 現代短歌文庫10	1,870
49	河野裕子	**『続 河野裕子歌集』** 現代短歌文庫70	1,870
50	河野裕子	**『続々 河野裕子歌集』** 現代短歌文庫113	1,650
51	来嶋靖生	**『来嶋靖生歌集』** 現代短歌文庫41	1,980
52	紀野　恵 歌集	**『遣唐使のものがたり』**	3,300
53	木村雅子	**『木村雅子歌集』** 現代短歌文庫111	1,980
54	久我田鶴子	**『久我田鶴子歌集』** 現代短歌文庫64	1,650
55	久我田鶴子 著	**『短歌の〈今〉を読む』**	3,080
56	久我田鶴子歌集	**『菜種梅雨』** ＊日本歌人クラブ賞	3,300
57	久々湊盈子	**『久々湊盈子歌集』** 現代短歌文庫26	1,650
58	久々湊盈子	**『続 久々湊盈子歌集』** 現代短歌文庫87	1,870
59	久々湊盈子歌集	**『世界黄昏』**	3,300
60	黒木三千代歌集	**『草の譜』** ＊読売文学賞・日本歌人クラブ賞・小野市詩歌文学賞	3,300
61	小池　光 歌集	**『サーベルと燕』** ＊現代短歌大賞・詩歌文学館賞	3,300
62	小池　光	**『小池　光 歌集』** 現代短歌文庫7	1,650
63	小池　光	**『続 小池　光 歌集』** 現代短歌文庫35	2,200
64	小池　光	**『続々 小池　光 歌集』** 現代短歌文庫65	2,200
65	小池　光	**『新選 小池　光 歌集』** 現代短歌文庫131	2,200
66	河野美砂子歌集	**『ゼクエンツ』** ＊葛原妙子賞	2,750
67	小島熱子	**『小島熱子歌集』** 現代短歌文庫160	2,200
68	小島ゆかり歌集	**『さくら』**	3,080
69	五所美子歌集	**『風　師』**	3,300
70	小高　賢	**『小高　賢 歌集』** 現代短歌文庫20	1,602
71	小高　賢 歌集	**『秋の茱萸坂』** ＊寺山修司短歌賞	3,300
72	小中英之	**『小中英之歌集』** 現代短歌文庫56	2,750
73	小中英之	**『小中英之全歌集』**	11,000
74	今野寿美歌集	**『さくらのゆゑ』**	3,300
75	さいとうなおこ	**『さいとうなおこ歌集』** 現代短歌文庫171	1,980
76	三枝昻之	**『三枝昻之歌集』** 現代短歌文庫4	1,650
77	三枝昻之歌集	**『遅速あり』** ＊迢空賞	3,300
78	三枝昻之ほか著	**『昭和短歌の再検討』**	4,180
79	三枝浩樹	**『三枝浩樹歌集』** 現代短歌文庫1	1,870
80	三枝浩樹	**『続 三枝浩樹歌集』** 現代短歌文庫86	1,980
81	佐伯裕子	**『佐伯裕子歌集』** 現代短歌文庫29	1,650
82	佐伯裕子歌集	**『感傷生活』**	3,300
83	坂井修一	**『坂井修一歌集』** 現代短歌文庫59	1,650
84	坂井修一	**『続 坂井修一歌集』** 現代短歌文庫130	2,200
85	酒井佑子歌集	**『空よ』**	3,300

	著 者 名	書 名	定 価
86	佐佐木幸綱	**『佐佐木幸綱歌集』** 現代短歌文庫100	1,760
87	佐佐木幸綱歌集	**『ほろほろとろとろ』**	3,300
88	佐竹彌生	**『佐竹弥生歌集』** 現代短歌文庫21	1,602
89	佐竹彌生	**『佐竹彌生全歌集』**	3,850
90	志垣澄幸	**『志垣澄幸歌集』** 現代短歌文庫72	2,200
91	篠　弘	**『篠　弘 全歌集』** ＊毎日芸術賞	7,700
92	篠　弘 歌集	**『司会者』**	3,300
93	島田修三	**『島田修三歌集』** 現代短歌文庫30	1,650
94	島田修三歌集	**『帰去来の声』**	3,300
95	島田修三歌集	**『秋隣小曲集』** ＊小野市詩歌文学賞	3,300
96	島田幸典歌集	**『駅　程』** ＊寺山修司短歌賞・日本歌人クラブ賞	3,300
97	高野公彦	**『高野公彦歌集』** 現代短歌文庫3	1,650
98	髙橋みずほ	**『髙橋みずほ歌集』** 現代短歌文庫143	1,760
99	田中　槐 歌集	**『サンボリ酢ム』**	2,750
100	谷岡亜紀	**『谷岡亜紀歌集』** 現代短歌文庫149	1,870
101	谷岡亜紀	**『続 谷岡亜紀歌集』** 現代短歌文庫166	2,200
102	玉井清弘	**『玉井清弘歌集』** 現代短歌文庫19	1,602
103	築地正子	**『築地正子全歌集』**	7,700
104	時田則雄	**『続 時田則雄歌集』** 現代短歌文庫68	2,200
105	百々登美子	**『百々登美子歌集』** 現代短歌文庫17	1,602
106	外塚　喬	**『外塚　喬 歌集』** 現代短歌文庫39	1,650
107	富田睦子歌集	**『声は霧雨』**	3,300
108	内藤　明 歌集	**『三年有半』** ＊日本歌人クラブ賞	3,300
109	内藤　明 歌集	**『薄明の窓』** ＊迢空賞	3,300
110	内藤　明	**『内藤　明 歌集』** 現代短歌文庫140	1,980
111	内藤　明	**『続 内藤　明 歌集』** 現代短歌文庫141	1,870
112	中川佐和子	**『中川佐和子歌集』** 現代短歌文庫80	1,980
113	中川佐和子	**『続 中川佐和子歌集』** 現代短歌文庫148	2,200
114	永田和宏	**『永田和宏歌集』** 現代短歌文庫9	1,760
115	永田和宏	**『続 永田和宏歌集』** 現代短歌文庫58	2,200
116	永田和宏ほか著	**『斎藤茂吉—その迷宮に遊ぶ』**	4,180
117	永田和宏歌集	**『日　和』** ＊山本健吉賞	3,300
118	永田和宏 著	**『私の前衛短歌』**	3,080
119	永田　紅 歌集	**『いま二センチ』** ＊若山牧水賞	3,300
120	永田　淳 歌集	**『竜骨（キール）もて』**	3,300
121	なみの亜子歌集	**『そこらじゅう空』**	3,080
122	成瀬　有	**『成瀬　有 全歌集』**	7,700
123	花山多佳子	**『花山多佳子歌集』** 現代短歌文庫28	1,650
124	花山多佳子	**『続 花山多佳子歌集』** 現代短歌文庫62	1,650
125	花山多佳子	**『続々 花山多佳子歌集』** 現代短歌文庫133	1,980
126	花山多佳子歌集	**『胡瓜草』** ＊小野市詩歌文学賞	3,300
127	花山多佳子歌集	**『三本のやまぼふし』** ＊迢空賞	3,300
128	花山多佳子 著	**『森岡貞香の秀歌』**	2,200
129	馬場あき子歌集	**『太鼓の空間』**	3,300
130	馬場あき子歌集	**『渾沌の鬱』**	3,300

	著者名	書名	定価
131	浜名理香歌集	『くさかむり』	2,750
132	林　和清	『林　和清 歌集』 現代短歌文庫147	1,760
133	日高堯子	『日高堯子歌集』 現代短歌文庫33	1,650
134	日高堯子歌集	『水衣集』 ＊小野市詩歌文学賞	3,300
135	福島泰樹歌集	『空襲ノ歌』	3,300
136	藤原龍一郎	『藤原龍一郎歌集』 現代短歌文庫27	1,650
137	藤原龍一郎	『続 藤原龍一郎歌集』 現代短歌文庫104	1,870
138	本田一弘	『本田一弘歌集』 現代短歌文庫154	1,980
139	前　登志夫歌集	『流　轉』 ＊現代短歌大賞	3,300
140	前川佐重郎	『前川佐重郎歌集』 現代短歌文庫129	1,980
141	前川佐美雄	『前川佐美雄全集』 全三巻	各13,200
142	前田康子歌集	『黄あやめの頃』	3,300
143	前田康子	『前田康子歌集』 現代短歌文庫139	1,760
144	蒔田さくら子歌集	『標のゆりの樹』 ＊現代短歌大賞	3,080
145	松平修文	『松平修文歌集』 現代短歌文庫95	1,760
146	松平盟子	『松平盟子歌集』 現代短歌文庫47	2,200
147	松平盟子歌集	『天の砂』	3,300
148	松村由利子歌集	『光のアラベスク』 ＊若山牧水賞	3,080
149	真中朋久	『真中朋久歌集』 現代短歌文庫159	2,200
150	水原紫苑歌集	『光儀（すがた）』	3,300
151	道浦母都子	『道浦母都子歌集』 現代短歌文庫24	1,650
152	道浦母都子	『続 道浦母都子歌集』 現代短歌文庫145	1,870
153	三井　修	『三井　修 歌集』 現代短歌文庫42	1,870
154	三井　修	『続 三井　修 歌集』 現代短歌文庫116	1,650
155	森岡貞香	『森岡貞香歌集』 現代短歌文庫124	2,200
156	森岡貞香	『続 森岡貞香歌集』 現代短歌文庫127	2,200
157	森岡貞香	『森岡貞香全歌集』	13,200
158	柳　宣宏歌集	『施無畏（せむい）』 ＊芸術選奨文部科学大臣賞	3,300
159	柳　宣宏歌集	『丈　六』	3,300
160	山田富士郎	『山田富士郎歌集』 現代短歌文庫57	1,760
161	山田富士郎歌集	『商品とゆめ』	3,300
162	山中智恵子	『山中智恵子全歌集』 上下巻	各13,200
163	山中智恵子 著	『椿の岸から』	3,300
164	田村雅之編	『山中智恵子論集成』	6,050
165	吉川宏志歌集	『青　蟬』（新装版）	2,200
166	吉川宏志歌集	『燕　麦』 ＊前川佐美雄賞	3,300
167	吉川宏志	『吉川宏志歌集』 現代短歌文庫135	2,200
168	米川千嘉子	『米川千嘉子歌集』 現代短歌文庫91	1,650
169	米川千嘉子	『続 米川千嘉子歌集』 現代短歌文庫92	1,980

＊価格は税込表示です。

砂子屋書房
〒101-0047 東京都千代田区内神田3-4-7
電話 03（3256）4708　FAX 03（3256）4707　振替 00130-2-97631
http://www.sunagoya.com

「さる・るるる」絵本のさるの口もとは「る」の形して小さくとがる

あれ以来鬼の子たちのあそびでは桃太郎こそまことの悪役

色あせぬ畳に変えてみたものの時おりうとまし変わらぬものは

そういえばかたつむりなど何年も見たことがないと気づく雨の日

あの時に確か手帳に書いたはず約束の日は今日か明日か

白黒をつけようというペンギンにいやいやそんなとねころぶパンダ

西瓜のつる

まぼろしの富士をながめる早朝に霧は裾野を深くただよう

駆け抜けて行ったあの子は四歳のわたしだろうからうす暗い路地

海に降る雪を見るためひたすらに東へ走る夢をまたみる

あけがたにかの人の夢見しゆえに今日の一日は傷つきやすく

幾たびもくり返しみる夢ありてひとり分け入る薄の原に

雨の夜西瓜のつるが伸びてゆきからめとられる夢に目覚める

果てのない水面に浮かぶ細道をたどりたどりて戻り得ぬ夢

境目にひとり目覚めて耳すます今日がきのうにあしたが今日に

左手

二十年ともに暮らした猫のため小さな墓を掘る昼下がり

死にし猫を庭に埋めたるあの日からこころのなかに雨降りやまず

風うけて渦をまきつつ舞い上がる舗装路の上花びらあまた

どれほどの黄砂が飛ぶか山々は紗衣《さごろも》まとい息をひそめる

群れなしてねぐらへ帰る鳥が飛ぶ三日月の下の暮れ残る空

踏んばればチリチリチリと指先にチリと弾ける花火の音す

この通話だけで契約できますと怪しい電話のくる昼下がり

左手にぬらせぬものがありそうでいつもためらう湯に入るとき

車椅子の先生

指先の小さな傷の疼く夜思いがけない訃報が届く

生きるためのすべての力を使いきりそぎ落とされた死者の横顔

震災後ただひとり残っていたのだと自慢げに言う通夜の住職

合掌のなかを退出する僧の足音だけがただ過ぎてゆく

車椅子の先生はもう来ないのと無邪気に問われ答えにつまる

子どもらは先生の死をどのように受けとめたのか静かな教室

天上で落とした幸かひとひらの羽根の形の雲がただよう

訪ね来て聖書の教え説くひとのみな一様のおだやかな声

ほおずき

買い替えるたびに小ぶりになっていく皿も茶碗も持ち重りして

劣化して今にも切れてしまいそう昔の手紙も束ねたゴムも

並びいるほおずきはみな同じ丈なれど一鉢選んで帰る夕暮れ

昨日までできていたこと今日できぬ　ほおずき市は今年も立てど

小雨降る午後のドライブウィンカーの点滅の音私語のごとくに

落椿

落ちている椿はあまたあるものを散るその時を一度も見ない
椿散るその一瞬を見るためにひがな一日庭を見ている

椿散る刹那の音はひそやかに地に一輪の重さが触れる

妻を棄て故郷を棄てて一人住む書道教師は多く語らず

原始のかたち

生まれきて三週間の男の子手足動かし意思表示する

寝ては起き乳を飲みてはまた眠る原始のかたちこの赤ん坊

与えられる乳を飲むしか生きる術を持たない赤子の育ちゆく冬

弟が生まれひとつき八歳の姉のやきもち見え隠れする

名を呼べばかすかに笑うしぐさする柊我《しゅうが》生まれて七十五日

＊柊我　孫の名前

しがみつき泣く幼子を両腕に抱けば伝わりくるあたたかさ

あれもいやこれもいやだと二歳児は逆らいながら自我を持ちゆく

おいしいと言えば素直に手をのばししししゃもをかじる子のたくましさ

しっぽから

縦になり横になりして眠る子ら寝床はさながらジグソーパズル

鳶のなく山のふもとのアパートに越して始まる母と子の日々

振り向きもせずに歩いて行くのだね後ろ姿を覚えておこう

「母親という生きもののせつなさ」と書いてあるのは四月のページ

しっぽから粘土の恐竜作る子の頭のなかにある設計図

ビロードの肩かけ

見上げればまぶしく光る九月の空此岸のわれが母を思う日

朝露を抱いて白く光る野は母のビロードの肩かけのごと

手に取れば母の形見の金鎖細く冷たくはかない重さ

眠れぬと言いつつ時にまどろみて父はかすかに鼾をたてる

枕辺に立つ亡き母の姿見ゆと語りて父はまた眠りゆく

十五歳の少年飛行兵たりと父の思い出話始まる

目を開くも大儀と言いて病む父は昼も夜もなくまどろむばかり

信仰と縁なきわれの三十年父母亡き後も祈りを持たず

Ⅲ　帰郷

帰郷

故郷へと浜街道を南下するテレビのなかの景色をこの目に

ふるさとへ向かう海辺の道がある田も家もなく道だけ残る

本当に何もかもない見渡せば記憶のなかに残る家並み

この先に踏切ありとナビが言う錆びた鉄路に草生い茂る

人住まぬ垣根に今とあふれ咲くもっこうばらの色は明るく

人住まぬ家は日毎に荒れていき庭に野の草勢いを増す

知らぬ間に家主の変わる家がある避難したまま帰らぬ人ら

目に見えぬものに怯えて暮らすのにいつしか慣れてマスクをはずす

除　染

屋根を拭く道路を削る土を剝ぐ街路樹を伐る除染さまざま

縁石の表面削るグラインダー「除染中です」の看板が立つ

なじみある公園の木が伐られゆく除染という名の御旗かかげて

道ばたの草を揺らして何台ものダンプは走る除染土を積み

三年と六か月だというニュース止まったままの時は進まず

「解除する」地図上の線は消されても元の暮らしは戻ってこない

そこここに除染の仕事する人のプレハブが建ち様変わりする

仮置場の入り口にある線量計今日の数値は0・29

台風よ嵐よこの地を浄めてよ人には消せない化学物質

いつからか畏れるということをやめ人は木を伐る人の都合で

廃校

がんばらず泣いてもいいと寄りそって歌ってくれた沢田研二よ

ここからは津波浸水区域だと看板の立つ国道を行く

「震災で生徒はいなくなりました。この学校は休校します」
校庭をふちどる桜の木も伐られ松栄高校消えてしまった
廃校の校舎壊せば広々と更地に颪は吹きすぎてゆく

ふるさとを追われさまよう人たちを救わぬままに再稼働とは

唐突に宅地除染の書類きて家敷林《えぐね》の枝も切りますという

震災の後の暮らしを伝えてもなにかが違う新聞の記事

避難者とくくられ暮らす生きにくさ誰も本音を言えないでいる

汚染水

ただ前の暮らしに戻りたいという願いかなわず足掛け五年

のんびりと時が流れるふるさとはあの日を限りにどこかへ行った

十三夜の月冴え冴えと高くして地上には五階の復興住宅

次々に建つ家はみな大きくて自尊心かもソーラーパネルは

降る雪のなかで除染の作業する人たちがいるここはフクシマ

明日の日は分からぬ今日を楽しみて生きると残る人らは言えり

町なかに除染の作業増えてきて今日はあの屋根明日はあの庭

入れ替えた土の色だけ不自然な除染の後の庭のありよう

六号線、常磐道も開通し福島第一原子力発電所のそばを通る不可思議

雨が降るたびに数値の上がる水　海に流して知らぬふりする

雨のたび汚れた水が流れ出る海の広さをよしとするのか

そこにある

廃校も統合もある福島に「未来」という名の学校できる

場違いな祝辞を持ちて総理来る仮設校舎の卒業式に

避難から戻りて二年ようやくに洗濯物をベランダに干す

外遊びしたい幼に言い聞かす見えないけれどそこにあるもの

二年後につながる隣の駅までの除染費用は二十数億

県外のものより安い値がついて並べられてる地元の野菜

新しい鯉のぼり立つ家のそば仮置場ありダンプ行き交う

言いきれるほど確かではないだろう常磐道の安全性など

モニターの数値は五・三と出る常磐道の双葉のあたり

菜の花畑

菜の花の畑の向こうに見える海かさ上げ工事の重機が動く

夕暮れにカラスの集合場所だったくぬぎ林も宅地に変わる

気がつけば畑がなくなり家が建ち山は削られ形を変える

除染して土を入れ替えまだ五日あちらこちらにスギナ顔出す

放射線が降る雪のように見えたなら怖くて住めないだろうこの町

罪なのはこの新緑の山でなく制御できない発電装置

果てのない欲望たちを道連れに朽ち果てていけ原子炉建屋

乗り換えの駅に「かいじ」は待機する娘の住む町は百二十キロ先

窓に顔を寄せては何度も手を振りて幼ら帰る避難先へと

新しい高床式の校舎建つ亘理町立荒浜中学

内部被曝

二時間目の授業を終えた三組は内部被曝の検査に向かう

校庭に埋めた汚染土を掘り返し貯蔵施設に運ぶのはいつ

セシウムは検出されぬと通知くる九歳の子の測定結果

庭石の高圧除染三人の作業員来てわずか十分

あの日もし西風ばかりだったなら地上はこんなに汚れなかった

五キロより三十キロが安全と言い切れぬ距離原発からの

避難先から持ち帰りきた朝顔の種をまくのも三度目となり

帰らぬと決めてこの地に家を建て暮らす人らの無念のかたち

線量計に一けた違う数値出る今日の双葉は秋晴れなのに

こんもりと畑を覆う葛の葉に無人の家ものみこまれそう

常磐線

川遊びまだまだできぬフクシマを逃れて遊ぶ釜無川に

大野台の仮設の屋根を見下ろして高速バスは北へと向かう

南へは行けぬ列車が折り返す常磐線の原ノ町駅

雨が降る熱もつ星を冷ますように八月に降る九月にも降る

田も畑も葛や芒や泡立草にのみこまれている五回目の秋

立ち枯れの泡立草が続く道その果てまでも人の住めぬ地

内陸に移り高架になるという駅の形もようやく見えて

再びの開通目指し草を刈りバラストを替え工事は進む

フクシマで子を産み育てる母たちの覚悟を決めた肩は強張る

対向車さえない闇を相馬へと高速バスはひたすら走る

代行のバスで行くのは竜田までそこから先は電車が走る

国道六号線

いつ見ても「調整中」の線量計子らの集まる公園に立つ

公園の遊具はどれも原色で黄のすべり台赤いブランコ

人がみな幸せであれと祈ること偽善だろうか原発事故後

わが家から二十数キロ南にはメルトダウンの原子炉がある

バスの行く六号線の線量が刻々映る車内モニター

今ここを走っているとモニターに映し出される放射線量

国道からわきに入ってはいけないと六号線に警備員立つ

仮置場にクレーンの長い腕は伸び黒い袋はまた増えていく

山を返せ川を返せと声がするまだ人々の住めぬ土地から

朝の陽が荒れた田にさす目の奥がつんつん痛くなるような陽が

卒業式の午後

忘れてはいないと届く物資あり色とりどりの手編みの帽子

県外の車の多い日曜日「札幌」「宮城」「足立」「大阪」

炊飯器に貼られた小さいシールには赤い十字と「世界の人から」

この雪は積もるだろうか田や畑や原子炉までも覆い隠して

「フクシマ」も「絆」という字も嫌いだと静かに語り友は笑えり

何事も解決せぬまま過ぎてゆく時を重ねて千八百日

中学の卒業式の午後だった　くもり空からはらはらと雪

親友の遺骨を抱いて泣いていたあれから五年あの子は二十歳

摂取制限

家族みな流され一人残ったと語る人には声かけられず

一人だけ残った訳を知ることが生きる理由と話す人あり

廃校の跡地に建てる復興の住宅ようやく工事始まる

山梨の新聞記者の問いかけは「一番に伝えたいことは何ですか」

怖さにも人それぞれの尺度あり逃げない人も逃げる人にも

「福島に被ばく手帳を作る会」のチラシを持ちて訪ね来る友

「庭先の小さなふきのとうを摘み食べたのよ三年辛抱したのですもの」

シスターははにかみながら語り継ぐ「この年齢だからもういいのよ」と

水源は西に連なる阿武隈の除染もできぬ山々の地下

その砂にその西風にその水に含まれないのか汚染物質

西風が吹く校庭をかけまわる小学生に土埃舞う

試運転

「菜の花の咲くころにまた会いましょう」海からひびく声が聞こえた

廃炉まで四十年の道のりを五年歩いて何も変わらず

海を隔てはるかにかすむ牡鹿半島には津波に耐えた原子炉がある

ヘルパーもナースも足りぬこの町に待機児童が五十人いる

試運転の二輌の電車はゆっくりと時間をかけて数キロを行く

絶望も怒りも迷いも書いてある二〇一一年の手帳に
揺るぎなくくり返された日常がうばわれた後に残されたもの
荒れ果てた田畑が整地されたゆえ黒い袋が増えて積まれる

仮置場の草刈りをする作業員に六月の雨は音もなく降る

再稼働許可

福島の人らはもっと怒るべき風を起こせと弁護士は言う

「子どもらの未来のために声あげよ」静かに語る馬奈木《まなぎ》弁護士

私の任にあらずと県知事は県内だけの廃炉を語る

鳥になりはるか空から見下ろせば陸地に引かれた線は見えない

来春の解除を目指す飯舘に新築の家あり仮置場あり

数か月ぶりに通れば増えている仮置場という仮でない場所

溶け落ちた燃料棒はどこにあるそれさえわからぬ六度目の夏

手つかずの荒れ田荒れ畑続くのみ線量計は四・〇さす

延長は例外という約束のあまりの軽さ再稼働許可

凍土壁はやはり役には立たぬよう素人でさえそう思うのに

夏椿散り立葵咲くいまも決まらぬままの中間貯蔵地

五階建ての復興住宅できあがり町で一番高い建物

戻りしは一割ほどと伝え聞く避難解除の小高《おだか》の町に

復興の五輪

ジャンクション乗り継ぎ走る中央道あの時確かに避難した道

普通というとらえどころのない価値を求め続ける原発事故後

台風で汚染水さえあふれ出す　いちえふの海いちえふの風

＊いちえふ　福島第一原子力発電所の呼び名

失ったものも多いが得たものももちろんありますこの五年半

台風が逸れたらしいというニュース逸れた先にも住む人はいて

雨はいつも暗い予感を連れてくるあの日も今日もまたこの次も

復興の五輪だというスローガン置き去りのままの十月十日

インドとの原子力協定成るという避難民には六度目の冬

余　震

明け方の揺れに目覚めて身構える画面に映る文字「すぐ逃げて！」

緊急の地震速報鳴りひびく携帯からも公園からも

あの日から地震があれば真っ先に原発は無事かと考える癖

次々に安否を尋ねる友たちに無事だと答え少し落ち着く

間違えてスイッチに触れ冷却が止まりましたという阿呆のいる

ひとことであの日の恐怖よみがえる燃料プールの冷却停止

避難指示が解除になったという知らせ震度五弱から五時間ののち

六年後も余震が続くこの地球の人とは違う時の過ぎかた

十万年後

常磐線仙台駅から小高まで五年九か月ぶりにつながる
提訴する生業訴訟第二陣三百人のなかのひとりに

ぬぐってもぬぐいきれない手の汚れ十万年後に地球は在るか

人ならば数十秒で死ぬという推定線量の数値が上がる

そのうちにきっと誰かが言うだろうやはり石棺にするしかないと

植え込みのなかに小さな「までい」の碑飯舘村を思い出してと

＊までい　「ゆっくり」「ていねいに」「むだにしないで」という意味の福島県の方言

新地駅

あの時に駅も車輌も流されて更地になった新地駅跡

新地という地名の由来考える新築された駅のホームで

幾度の破壊と再生くり返し残り続けた「新地」という名

記憶というあいまいなものときに濃くときに薄れて身にまといつく

安置所に通い続けて経をよみ心を病みし僧ありときく

増え続けついには地球を滅ぼすかヒトという名の癌細胞は

居心地が悪くなるほどの丁寧さ東電賠償相談室は

名を告げて最初に詫びを言う人は賠償室の受付係

ドアを開ける警備員さえ低姿勢決してあなたのせいではないのに

どこをどう押せば出てくるそのことば現場を知らぬ復興大臣

燃料デブリ

鎮まらぬ火を消すためにヘリが飛ぶ帰宅困難区域の山の

燃えている十万山はどのあたり地図を広げて確かめてみる

立ち入れぬ山を目指してヘリが飛ぶ五日たっても火事は消えずに

消火のため飛ぶヘリコプターの音聞けば思いははるか基地のある町

火鎮めのまつりをせよと声がするいつもどこかが燃えている星

住んでいた作業員たちはどこへ行く解体されゆくプレハブ宿舎

なしくずしに慣れてしまった日常のなかで見つける小さなずれを

地下にある燃料デブリを思うときふとうかびくる沖縄の海

昨日は大分あたり今朝は長野　震度五続き揺れる列島

咲く花や風の色にもふるさとの町を思うと帰れぬ人ら

Jアラート

再開の集団登校六年の子どもたちさえ経験がない

体力をつけるためにも必要と集団登校再開の朝

十字路に子らを見守る母が立つ六年ぶりの集団登校

深夜二時スマホが急に話し出す「地震がきます注意して下さい」

真夜中に速報が地震とくり返すふらつく頭に揺れが重なる

警報が地下に避難をと呼びかけるとまどうだけの秋晴れの朝

立葵つぎつぎに咲く道の端の上空を飛ぶ弾道ミサイル

脱水中の洗濯槽が小刻みに揺れているときミサイル過ぎる

捜索

この国はきっと控訴をするだろう責任ありとの判決受けて

あの山もこの里山も崩し崩し防潮堤は日々高くなる

両親の不安をうつして育つらし震災の後に生まれた子らは

来年の新入生は十四人避難解除の小学校に

十一日には行方不明者の捜索が続く浜あり六年経ても

「ここまで」と「ここから」という標識があちこちに立つ海辺の集落

「ふくしまの雪」と銘打つ皿二枚この地を知らぬ人に贈ろう

跋

『手荷物ふたつ』の作者に

道浦母都子

関さんと私とは、偶然から偶然へのつながりの中から出会った。

或る日、届いた郵便物の中に、河出書房新社からの書簡があった。どなたからかの謹呈本かなと思い、開いてみると「道浦さん宛に当社に届いたものですから、転送させていただきます」と記されたメモと、画帖、それと手紙が入っていた。

手紙の主は、山梨県在住の鳥口恵さん。未見の方であった。鳥口さんの手紙によると、関さんはたいへんな達筆、福島から山梨に避難した後、福島に戻る際、お世話になった方々に筆で葉書に川柳を書き、御礼としたのだという。

そんな中で、とくに親しくなっていた鳥口さんが、この歌集のうたを書いてほしいと渡したのが、私の歌集『無援の抒情』だった。関さんは、歌集なので、画帖を入手して鳥口さんの好きなうたを幾首か記し、きれいな布を貼りつけ、和風の歌集のようなものをつくりあげて下さった。それを見た鳥口さんは、こんな素晴らしい手製の歌集は、歌集の著者である私が持っているべきと考え、河出書房新社に、私に届けてほしいと送ったのだった。

うつむけばいつも体が揺れるよう余震が続く　ほらまた揺れた
行く先も決められぬまま遠くへとただ遠くへと逃れ行く道
生きていくために必須なものなど　そんなにはない手荷物ふたつ

こうした作品から伺えるように、作者は三・一一の被災者である。住居は福島県南相馬市、福島第一原子力発電所から二十数キロ圏内にある。私も訪ねたことがあるが、関さんの家はしっかりと建っていた。それなのに避難とは……福島第一原発の事故発生がその理由である。事故の内容はわからないまま、近辺の住民は避難を余儀なくされた。「手荷物ふたつ」の一首は、当時の避難の早急さが示されたものだ。

鳥獣のようにおびえて逃れ来てたどりつく山の避難所は雪
「収容のできる人数超えてでも受け入れます」と係員言う

四日ぶりの風呂に入りて温まる岳《だけ》温泉の風に舞う雪

自宅を離れてからの作者の家族は、二本松市（福島県）、笛吹市（山梨県）を経て、南アルプス市（山梨県）で生活をするようになる。
そこで作者が出会ったのが鳥口さん夫婦である。支援物資を集めたり、孫たちのめんどうをみてくれたり、鳥口さん夫婦にどんなにか援助をいただいたか。関さんは、二人に深く感謝をしている。

七時間走り続ける高速のその道のさき夕日は落ちる
わたくしはいまどこにいる地図広げ道をたどりて居場所確かむ

安心して住める場所を探してのあちこちへの奔走。

ここならば見えないものに怯えずに外にいられる深呼吸する

やっと見つけた安心できる地。でも、見えない何かに、つねに怯える作者がいる。

土産だと「福島民友」届けられ隅々まで読むふるさとの記事
外遊びして帰り来る子どもらの三つの頭に三つの花冠

見えない何かに怯えることなく、やっと手にした平穏。故郷の新聞をなつかしく読み、外遊びが可能となった子どもたちの喜びが、ここでは僥倖のようにうたわれている。関さんたちの家族は、南アルプス市で、自分たちの生活と時間を取り戻したのだ。もちろん、仮の生活ではあるが……。

日赤に支援の家電を申し込み返礼として献血をする
難民を救う会から物資くる　そうかわたしは難民なのか

この子らがふるさとと呼ぶ場所はもう福島ではなく山梨だろう
誰のせい誰のせいでもないそんなことはないはずその誰は誰

結局、関さんの家族は二〇一一年に福島を離れ、二〇一二年迄南アルプス市に住み、南相馬市に戻る。長女の一家は南アルプス市にそのまま在住。作者と二女、孫は南相馬に戻り、再び元の生活に戻る。といっても、本当の元の生活ではない。

「誰のせい」のうたではないが、原発事故という、想像を越えた「誰」かのせいで起こった大事故のために。

私は南アルプス市から南相馬市へ戻った関さんの自宅を訪ねたことがある。当時、女性誌に連載していたヒロシマをテーマとした小説の取材のため、どうしても福島を訪ねてみたかった。そこへ、関さんとのたまたまの出会い。早速に訪ねたいとのお願いをした。快く引き受けて下さった関さんは、私を自宅に招いて下さり、原発の建つ地が見える場所を案内して下さった。

その折だった。関さんは、かつて短歌をしていたのだという。だったら、続けてみませんかと私が答え、関さんは「未来」に入会、再び短歌をつくることになる。

関さんからの手紙には、そのとき私が「当事者の立場で自分の心の整理のために、うたを作って」と話したと記されている。関さんのうたを見ていると、まさにその通り、当事者でなければうたえない作がほとんどで、また、そのうたによって、自らの心の整理をしているのがよくわかる。関さんは、私の言った通りに、うたに向かって下さったのだ。

私が南相馬を訪ねた折、帰途、仙台空港まで関さんのご主人がクルマで送って下さった。そのご主人は、今はいらっしゃらない。南相馬に戻った次の次の年、二〇一四年に亡くなったのである。

第Ⅱ章の「どんなきみでも」はそうした作品が収められている。

病むきみに優しくなれない時もある言い訳のように粥を煮ている
病室を後にしてから数分の後の電話に急変を知る
肝心な時にはいつもかたわらにいなかったかもそう思ういま

ご主人の病気は、かなり急に悪化したようで、作者は、そのことを自らに問いかけ、省みながら看病にあたっている。

青空よどんなきみでもうけいれるそう決めたからただ生きていて
魂を迎える火など焚くものかわたしのもとへ迷わずに来て
わたくしはあなたのなにを知っていた三十五年もそばにいたのに

どこかで、彼に詫びているようなこれらのうた。「青空よ」の作品の叫びのような声が読む者に沁みる。故郷にせっかく戻ったのに、押し重なるような夫の死。後悔してもいくら悔やんでも戻らない思いが伝わる作だ。

故郷へと浜街道を南下するテレビのなかの景色をこの目に
目に見えぬものに怯えて暮らすのにいつしか慣れてマスクをはずす
道ばたの草を揺らして何台ものダンプは走る除染土を積み

戻ってきた故郷は、かつての地とは変わっていた。

「震災で生徒はいなくなりました。この学校は休校します」

生徒がいなくなる。そんなことがあるのか?

町なかに除染の作業増えてきて今日はあの屋根明日はあの庭
外遊びしたい幼に言い聞かす見えないけれどそこにあるもの

庭石の高圧除染三人の作業員来てわずか十分
わが家から二十数キロ南にはメルトダウンの原子炉がある

かつての我が家は、目に見える限り変わりはしないが、除染をしなくては生活ができない状況下にある。

つまり「見えないもの」との対峙が、関さんたちの新しい日常となった。メルトダウンを起こした原発から二十数キロの地での生活。関さんたちの生活は、すっかり変わってしまったのだ。

なしくずしに慣れてしまった日常のなかで見つける小さなずれを

人は新しい生活の中で、わからぬままに慣らされていく。実際は怖ろしいことではあるが……。

中学の卒業式の午後だった　くもり空からはらはらと雪
廃校も統合もある福島に「未来」という名の学校できる

この二首の間に横たわる時間の重さ。一瞬の間に変わってしまったフクシマ、関さんの生活。それなのに、原発事故の根本的な原因は、明確にはされてはいない。

この歌集を出すことを勧めたのは私である。作品としては、未完成のものも含まれているが、今の「フクシマ」と懸命に向きあっている関さんの作品を、あまり時間のたたないうちに、多くの方々に読んでいただきたいと思ったからである。

「当事者からの声」「うたをつくりながら心の整理をする」、この二つを基底として関さんの作品は成立している。

どこか、未熟の感のある歌集ではあるが、真実の声は鋭く重い。そのことをよくよくわかっているので、私は、あまり深く作品について言及しなかった。なまの現実を知ってほしかったからである。

三・一一は、まだ終わっていない。むしろ、決して忘れてはいけないことなのだから。

生きていくために必須なものなど　そんなにはない手荷物ふたつ

タイトルの「手荷物ふたつ」は、この一首から採られている。これは避難の際の作だが、もっと広く、もっと重く、考えさせられる要素が含まれている。フクシマの空の青を思い返しながら、その重さを考え直している私である。関さんの歌集が、三・一一の証言の一つとして、多くの人に読んでいただけますよう。

二〇一八年八月二九日　炎暑の日に

あとがき

「フクシマを風化させないために、平成が終わらないうちに歌集を作りましょう」道浦母都子先生から声をかけていただいたのは二月のことでした。「未来」に入会して五年半、福島第一原子力発電所から二十数キロ北に住むわたしにできることとして、この地の生活を短歌にしてきました。

原発事故の後、初めての土地での避難生活は多くの方に支えていただきました。寄せられる好意にとまどい迷いながらありがたく頂戴しました。お礼とともに、今はお返しをすることもできないと伝えると、どなたも「今でなくていい。いつかどこかの誰かに返して」とおっしゃるのです。

「フクシマ」と一言で表せるほどここに暮らす人々の感じ方は一様ではなく、今もまだ故郷へ戻れない人たちの思いは複雑で切実です。ですから原発から二十数キロという微妙な距離は作品のゆらぎになっているかもしれません。「未来」の中にいた作品が広い場所へ飛び出していくことの不安もあります。それでも少しでも多くの方に読んでいただきたい。それが今のわたしにできるお礼の形だと思うからです。

どこへ行けばいいいのかもわからないまま家を出たときに持っていたものは、貴重品と数日分の着替えを入れた二つのバッグだけでした。幼い孫たちを連れて、三家族八人で一台の自動車に乗るには、そんなに多くのものを持つわけにはいかず、子どもたちに必要なものを優先しなければなりませんでした。

生きていくために本当に必要なものは、きっとそんなに多くないのだと気づいたことがこの本のタイトルになりました。

右も左もわからないわたしに道浦先生からは心のこもったご指導をいただきました。お礼を申し上げます。砂子屋書房の田村雅之さま、装丁の倉本修さま、適確なアドバイスをして下さった小野美紀さま、お世話になりました。

そして鳥口恵さま、避難先の山梨であなたとの出会いがなければこの本はできあがりませんでした。本当にありがとう。
最後に、今までわたしの人生に関わって下さったすべての方々に感謝いたします。

関　琴枝

二〇一八年九月一日

歌集　手荷物ふたつ

二〇一八年一〇月一一日初版発行

著　者　関　琴枝
福島県南相馬市原町区国見町三丁目五の七十八（〒九七五—〇〇一五）

発行者　田村雅之

発行所　砂子屋書房
東京都千代田区内神田三—四—七（〒一〇一—〇〇四七）
電話　〇三—三二五六—四七〇八　振替　〇〇一三〇—二—九七六三一
URL http://www.sunagoya.com

組　版　はあどわあく

印　刷　長野印刷商工株式会社

製　本　渋谷文泉閣